FABL
LA FONTAINE
TOME 2

de Jean de La Fontaine
illustré par Frédéric Pillot

Le Chêne et le Roseau

Le chêne un jour dit au roseau :
« Vous avez bien sujet d'accuser la Nature ;
Un roitelet pour vous est un pesant fardeau ;
Le moindre vent qui d'aventure
Fait rider la face de l'eau,
Vous oblige à baisser la tête ;
Cependant que mon front au Caucase pareil,
Non content d'arrêter les rayons du soleil,
Brave l'effort de la tempête.
Tout vous est aquilon, tout me semble zéphyr.
Encor si vous naissiez à l'abri du feuillage
Dont je couvre le voisinage,
Vous n'auriez pas tant à souffrir :
Je vous défendrais de l'orage ;
Mais vous naissez le plus souvent
Sur les humides bords des royaumes du vent.
La Nature envers vous me semble bien injuste.

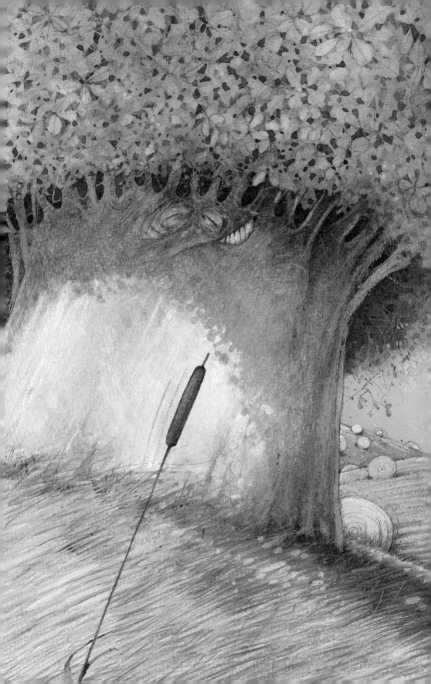

– Votre compassion, lui répondit l'arbuste,
Part d'un bon naturel ; mais quittez ce souci ;
Les vents me sont moins qu'à vous redoutables :
Je plie, et ne romps pas. Vous avez jusqu'ici
Contre leurs coups épouvantables
Résisté sans courber le dos ;
Mais attendons la fin. » Comme il disait ces mots,
Du bout de l'horizon accourt avec furie
Le plus terrible des enfants
Que le nord eût portés jusque-là dans ses flancs.
L'arbre tient bon ; le roseau plie.
Le vent redouble ses efforts,
Et fait si bien qu'il déracine
Celui de qui la tête au ciel était voisine,
Et dont les pieds touchaient à l'empire des morts.

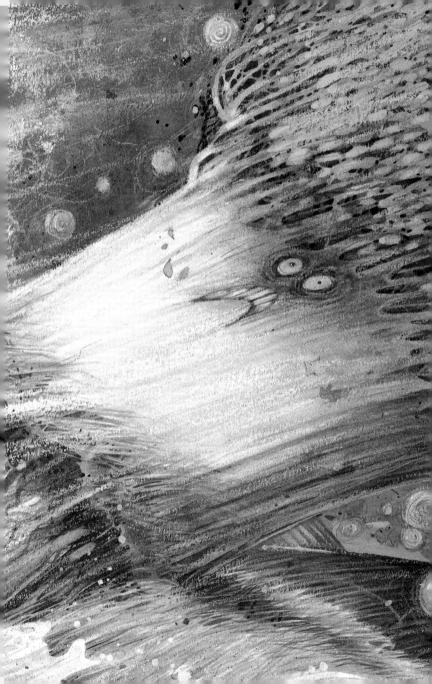

Le Lion devenu vieux

Le lion, terreur des forêts,
Chargé d'ans et pleurant son antique prouesse,
Fut enfin attaqué par ses propres sujets,
Devenus forts par sa faiblesse.
Le cheval s'approchant lui donne un coup de pied ;
Le loup, un coup de dent ; le bœuf, un coup de corne.
Le malheureux lion, languissant, triste et morne,
Peut à peine rugir, par l'âge estropié.
Il attend son destin, sans faire aucunes plaintes ;
Quand voyant l'âne même à son antre accourir :
« Ah ! c'est trop, lui dit-il : je voulais bien mourir ;
Mais c'est mourir deux fois que souffrir tes atteintes. »

Le Renard et le Bouc

Capitaine Renard allait de compagnie
Avec son ami bouc des plus haut encornés.
Celui-ci ne voyait pas plus loin que son nez ;
L'autre était passé maître en fait de tromperie.
La soif les obligea de descendre en un puits.
Là, chacun d'eux se désaltère.
Après qu'abondamment tous deux en eurent pris,
Le renard dit au bouc : « Que ferons-nous, compère ?
Ce n'est pas tout de boire, il faut sortir d'ici.
Lève tes pieds en haut, et tes cornes aussi ;
Mets-les contre le mur : le long de ton échine
Je grimperai premièrement ;
Puis, sur tes cornes m'élevant,
À l'aide de cette machine,
De ce lieu-ci je sortirai,
Après quoi je t'en tirerai.
– Par ma barbe, dit l'autre, il est bon ; et je loue
Les gens bien sensés comme toi.
Je n'aurais jamais, quant à moi,
Trouvé ce secret, je l'avoue. »

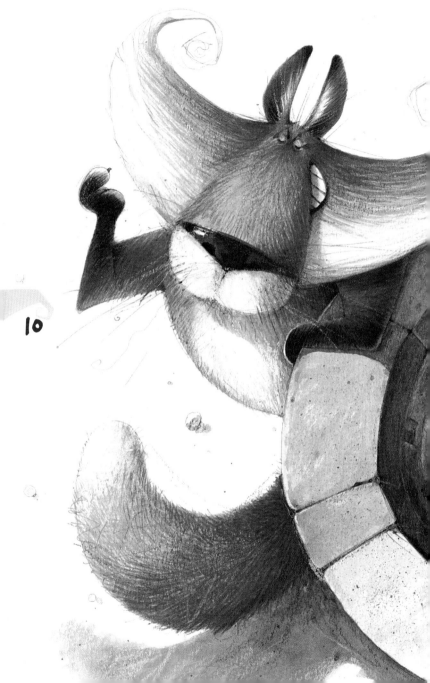

10

Le renard sort du puits, laisse son compagnon,
Et vous lui fait un beau sermon
Pour l'exhorter à patience.
« Si le ciel t'eût, dit-il, donné par excellence
Autant de jugement que de barbe au menton,
Tu n'aurais pas, à la légère,
Descendu dans ce puits. Or, adieu ; j'en suis hors.
Tâche de t'en tirer, et fais tous tes efforts ;
Car, pour moi, j'ai certaine affaire
Qui ne me permet pas d'arrêter en chemin. »
En toute chose il faut considérer la fin.

La Poule aux œufs d'or

L'avarice perd tout en voulant tout gagner.
Je ne veux, pour le témoigner,
Que celui dont la poule, à ce que dit la fable,
Pondait tous les jours un œuf d'or.
Il crut que dans son corps elle avait un trésor ;
Il la tua, l'ouvrit, et la trouva semblable
À celles dont les œufs ne lui rapportaient rien,
S'étant lui-même ôté le plus beau de son bien.
Belle leçon pour les gens chiches !
Pendant ces derniers temps, combien en a-t-on vus
Qui du soir au matin sont pauvres devenus,
Pour vouloir trop tôt être riches !

L'Âne et le Chien

Il se faut entraider ; c'est la loi de nature.

L'âne un jour pourtant s'en moqua ;

Et ne sais comme il y manqua,

Car il est bonne créature.

Il allait par pays, accompagné du chien,

Gravement, sans songer à rien ;

Tous deux suivis d'un commun maître.

Ce maître s'endormit. L'âne se mit à paître :

Il était alors dans un pré

Dont l'herbe était fort à son gré.

Point de chardons pourtant ; il s'en passa pour l'heure :

Il ne faut pas toujours être si délicat ;

Et, faute de servir ce plat,

Rarement un festin demeure.

Notre baudet s'en sut enfin

Passer pour cette fois. Le chien, mourant de faim,

Lui dit : « Cher compagnon, baisse-toi, je te prie :

Je prendrai mon dîner dans le panier au pain. »

Point de réponse, mot ; le roussin d'Arcadie

Craignit qu'en perdant un moment

Il ne perdît un coup de dent.

Il fit longtemps la sourde oreille ;
Enfin, il répondit : « Ami, je te conseille
D'attendre que ton maître ait fini son sommeil ;
Car il te donnera sans faute, à son réveil,
Ta portion accoutumée.
Il ne saurait tarder beaucoup. »
Sur ces entrefaites un loup
Sort du bois, et s'en vient : autre bête affamée.
L'âne appelle aussitôt le chien à son secours.
Le Chien ne bouge, et dit : « Ami, je te conseille
De fuir en attendant que ton maître s'éveille ;
Il ne saurait tarder ; détale vite, et cours.
Que si le loup t'atteint, casse-lui la mâchoire :
On t'a ferré de neuf ; et, si tu me veux croire,
Tu l'étendras tout plat. » Pendant ce beau discours,
        Seigneur loup étrangla le baudet sans remède.
            Je conclus qu'il faut qu'on s'entraide.

17

Le Laboureur
et ses Enfants

Travaillez, prenez de la peine :
C'est le fonds qui manque le moins.

Un riche laboureur, sentant sa mort prochaine,
Fit venir ses enfants, leur parla sans témoins.
« Gardez-vous, leur dit-il, de vendre l'héritage
Que nous ont laissé nos parents :
Un trésor est caché dedans.
Je ne sais pas l'endroit ; mais un peu de courage
Vous le fera trouver : vous en viendrez à bout.
Remuez votre champ dès qu'on aura fait l'août :
Creusez, fouillez, bêchez ; ne laissez nulle place
Où la main ne passe et repasse. »
Le père mort, les fils vous retournent le champ,
Deçà, delà, partout ; si bien qu'au bout de l'an
Il en rapporta davantage.
D'argent, point de caché. Mais le père fut sage
De leur montrer, avant sa mort,
Que le travail est un trésor.

Le Loup, la Chèvre et le Chevreau

La bique, allant remplir sa traînante mamelle,
Et paître l'herbe nouvelle,
Ferma sa porte au loquet,
Non sans dire à son biquet :
« Gardez-vous, sur votre vie,
D'ouvrir que l'on ne vous die,
Pour enseigne et mot du guet :
Foin du loup et de sa race ! »
Comme elle disait ces mots,
Le loup, de fortune, passe ;
Il les recueille à propos,
Et les garde en sa mémoire.
La bique, comme on peut croire,
N'avait pas vu le glouton.
Dès qu'il la voit partie, il contrefait son ton,
Et, d'une voix papelarde,
Il demande qu'on ouvre, en disant : « Foin du loup ! »
Et croyant entrer tout d'un coup.
Le biquet soupçonneux par la fente regarde :

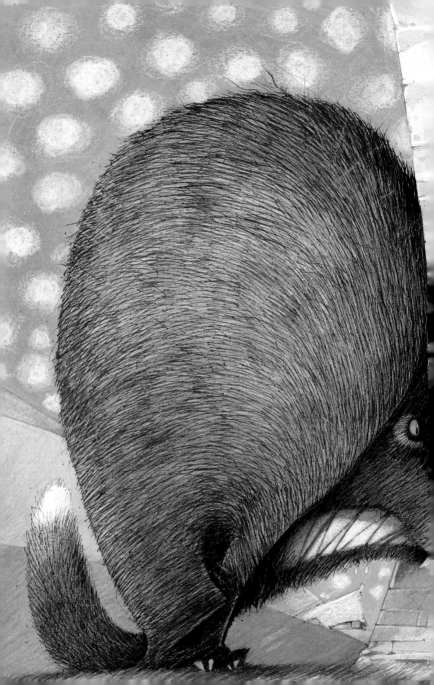

« Montrez-moi patte blanche, ou je n'ouvrirai point »,
S'écria-t-il d'abord. Patte blanche est un point
Chez les loups, comme on sait, rarement en usage.
Celui-ci, fort surpris d'entendre ce langage,
Comme il était venu s'en retourna chez soi.
Où serait le biquet s'il eût ajouté foi
Au mot du guet que, de fortune,
Notre loup avait entendu ?

Deux sûretés valent mieux qu'une.
Et le trop en cela ne fut jamais perdu.

Le Vieux Chat
et la Jeune Souris

Une jeune souris, de peu d'expérience,
Crut fléchir un vieux chat, implorant sa clémence,
Et payant de raisons le Raminagrobis :
« Laissez-moi vivre : une souris
De ma taille et de ma dépense
Est-elle à charge en ce logis ?

Affamerais-je, à votre avis,
L'hôte et l'hôtesse, et tout leur monde ?
D'un grain de blé je me nourris :
Une noix me rend toute ronde.
À présent je suis maigre ; attendez quelque temps :
Réservez ce repas à messieurs vos enfants. »
Ainsi parlait au chat la souris attrapée.
L'autre lui dit : « Tu t'es trompée :
Est-ce à moi que l'on tient de semblables discours ?
Tu gagnerais autant de parler à des sourds.
Chat, et vieux, pardonner ? cela n'arrive guère.
Selon ces lois, descends là-bas,
Meurs, et va-t'en, tout de ce pas,

Haranguer les sœurs filandières :
Mes enfants trouveront assez d'autres repas. »
Il tint parole. Et pour ma fable
Voici le sens moral qui peut y convenir :
La jeunesse se flatte, et croit tout obtenir ;
La vieillesse est impitoyable.

La Laitière
et le Pot au lait

Perrette, sur sa tête ayant un pot au lait
Bien posé sur un coussinet,
Prétendait arriver sans encombre à la ville.
Légère et court vêtue, elle allait à grands pas,
Ayant mis ce jour-là, pour être plus agile,
Cotillon simple et souliers plats.
Notre laitière ainsi troussée
Comptait déjà dans sa pensée
Tout le prix de son lait, en employait l'argent ;
Achetait un cent d'œufs, faisait triple couvée ;
La chose allait à bien par son soin diligent.
« Il m'est, disait-elle, facile
D'élever des poulets autour de ma maison ;
Le renard sera bien habile
S'il ne m'en laisse assez pour avoir un cochon.
Le porc à s'engraisser coûtera peu de son ;
Il était, quand je l'eus, de grosseur raisonnable :
J'aurai, le revendant, de l'argent bel et bon.
Et qui m'empêchera de mettre en notre étable,
Vu le prix dont il est, une vache et son veau,
Que je verrai sauter au milieu du troupeau ? »

Perrette là-dessus saute aussi, transportée :
Le lait tombe ; adieu veau, vache, cochon, couvée.
La dame de ces biens, quittant d'un œil marri
Sa fortune ainsi répandue,
Va s'excuser à son mari,
En grand danger d'être battue.
Le récit en farce en fut fait ;
On l'appela le *Pot au lait*.

Quel esprit ne bat la campagne ?
Qui ne fait châteaux en Espagne ?
Picrochole, Pyrrhus, la laitière, enfin tous,
Autant les sages que les fous.
Chacun songe en veillant ; il n'est rien de plus doux :
Une flatteuse erreur emporte alors nos âmes ;
Tout le bien du monde est à nous,
Tous les honneurs, toutes les femmes.
Quand je suis seul, je fais au plus brave un défi :
Je m'écarte, je vais détrôner le sophi ;
On m'élit roi, mon peuple m'aime ;
Les diadèmes vont sur ma tête pleuvant ;
Quelque accident fait-il que je rentre en moi-même,
Je suis Gros-Jean comme devant.

La Colombe et la Fourmi

Le long d'un clair ruisseau buvait une colombe,
Quand sur l'eau se penchant une fourmi y tombe ;
Et dans cet océan l'on eût vu la fourmi
S'efforcer, mais en vain, de regagner la rive.
La colombe aussitôt usa de charité :
Un brin d'herbe dans l'eau par elle étant jeté,
Ce fut un promontoire où la fourmi arrive.
Elle se sauve. Et là-dessus

Passe un certain croquant qui marchait les pieds nus.
Ce croquant, par hasard, avait une arbalète :
Dès qu'il voit l'oiseau de Vénus,
Il le croit en son pot, et déjà lui fait fête.
Tandis qu'à le tuer mon villageois s'apprête,
La fourmi le pique au talon.
Le vilain retourne la tête :
La colombe l'entend, part, et tire de long.
Le souper du croquant avec elle s'envole :
Point de pigeon pour une obole.

Le Coq et le Renard

Sur la branche d'un arbre était en sentinelle
Un vieux coq adroit et matois.
« Frère, dit un renard, adoucissant sa voix,
Nous ne sommes plus en querelle :
Paix générale cette fois.
Je viens te l'annoncer ; descends, que je t'embrasse.
Ne me retarde point, de grâce :
Je dois faire aujourd'hui vingt postes sans manquer.
Les tiens et toi pouvez vaquer
Sans nulle crainte à vos affaires ;
Nous vous y servirons en frères.
Faites-en les feux dès ce soir.
Et cependant viens recevoir
Le baiser d'amour fraternelle.

– Ami, reprit le coq, je ne pouvais jamais
Apprendre une plus douce et meilleure nouvelle
Que celle
De cette paix ;
Et ce m'est une double joie
De la tenir de toi. Je vois deux lévriers,
Qui, je m'assure, sont courriers
Que pour ce sujet on envoie ;
Ils vont vite, et seront dans un moment à nous.
Je descends : nous pourrons nous entre-baiser tous.
– Adieu, dit le renard ; ma traite est longue à faire :
Nous nous réjouirons du succès de l'affaire
Une autre fois. » Le galant aussitôt
Tire ses grègues, gagne au haut,
Mal content de son stratagème.
Et notre vieux coq en soi-même
Se mit à rire de sa peur ;
Car c'est double plaisir de tromper le trompeur.

Le Coche et la Mouche

Dans un chemin montant, sablonneux, malaisé,
Et de tous les côtés au soleil exposé,
Six forts chevaux tiraient un coche.
Femmes, moine, vieillards, tout était descendu.
L'attelage suait, soufflait, était rendu.
Une mouche survient, et des chevaux s'approche,
Prétend les animer par son bourdonnement,
Pique l'un, pique l'autre, et pense à tout moment

36 Qu'elle fait aller la machine,

S'assied sur le timon, sur le nez du cocher.

Aussitôt que le char chemine,

Et qu'elle voit les gens marcher,

Elle s'en attribue uniquement la gloire,

Va, vient, fait l'empressée : il semble que ce soit

Un sergent de bataille allant en chaque endroit

Faire avancer ses gens et hâter la victoire.

La mouche, en ce commun besoin,
Se plaint qu'elle agit seule, et qu'elle a tout le soin ;
Qu'aucun n'aide aux chevaux à se tirer d'affaire.
Le moine disait son bréviaire :
Il prenait bien son temps ! Une femme chantait :
C'était bien de chansons qu'alors il s'agissait !
Dame Mouche s'en va chanter à leurs oreilles,
Et fait cent sottises pareilles.
Après bien du travail, le coche arrive au haut.
« Respirons maintenant, dit la mouche aussitôt :
J'ai tant fait que nos gens sont enfin dans la plaine.
Çà, messieurs les chevaux, payez-moi de ma peine. »

Ainsi certaines gens, faisant les empressés,
S'introduisent dans les affaires :
Ils font partout les nécessaires,
Et, partout importuns, devraient être chassés.

Table des matières